D1401594

LOS DOS LEEMOS™

A los padres

Los dos leemos es la primera serie de libros diseñada para invitar a padres e hijos a compartir la lectura de un cuento, por turnos y en voz alta. Esta "lectura compartida"—una innovación que se ha desarrollado en conjunto con especialistas en primeras lecturas—invita a los padres a leer los textos más complejos en las páginas a la izquierda. Luego les toca a los niños leer las páginas a la derecha, que contienen textos más sencillos, escritos específicamente para primeros lectores.

Leer en voz alta es una de las actividades que los padres pueden compartir con sus hijos para ayudarlos a desarrollar la lectura. Sin embargo, *Los dos leemos* no es sólo leerle *a* su niño; sino, leer *con* su niño. *Los dos leemos* es más poderoso y efectivo porque combina dos elementos claves de la enseñanza: "demostración" (el padre lee) y "aplicación" (el niño lee). El resultado no es solamente que el niño aprende a leer más rápido, ¡sino que ambos disfrutan y se enriquecen con esta experiencia!

La mayoría de las palabras que aparecen en las páginas del niño le resultarán conocidas. Otras pueden ser fácilmente identificadas por sus sílabas abiertas. Si hay una palabra con cierto grado de dificultad, ésta aparecerá primero en el texto que lee el adulto (**en negritas**). Señalar estas palabras mientras lee ayudará a que el niño se familiarice con éstas. Sería más útil si usted lee el libro completo y en voz alta la primera vez, y luego invite a su niño a participar en una segunda lectura. Note además que el ícono "lee el padre" ☺ precede al texto del adulto, mientras que el ícono "lee el niño" ☺ precede al texto del niño.

Los dos leemos es una manera divertida y fácil de animar y ayudar a su niño a leer, y una maravillosa manera de que su niño disfrute de la lectura para siempre.

Los dos leemos: Fiebre de béisbol

_____

Los dos leemos® es una marca registrada de Treasure Bay, Inc.

Publicado por Treasure Bay, Inc.
40 Sir Francis Drake Boulevard
San Anselmo, CA 94960 USA

Impreso en Singapur
Printed in Singapore

Library of Congress Control Number: 2006901320

Cubierta dura (Hardcover)	ISBN-10:	1-891327-83-6
Cubierta dura (Hardcover)	ISBN-13:	978-1-891327-83-4
Cubierta blanda (Paperback)	ISBN-10:	1-891327-84-4
Cubierta blanda (Paperback)	ISBN-13:	978-1-891327-84-1

Los Dos Leemos™
We Both Read® **Books**
USA Patente No. 5,957,693

Visítenos en:
www.webothread.com

Fiebre de béisbol

por Sindy McKay

adaptado al español por Manuel Alemán

ilustrado por Meredith Johnson

TREASURE BAY

El reloj se demoraba mucho en llegar a las tres en punto. **Siempre** se movía muy despacio cuando tenía prácticas de béisbol.

¡RIIIIIIIIIING! ¡Por fin sonó la campana! ¡Agarré mi mochila y corrí al campo de juego tan pronto como pude!

Iba a ser el primero en llegar allí. **Siempre** soy el primero en llegar.

Pero hoy no fui el primero.

Sara Sosa, la mejor jugadora del campo corto de la liga, estaba allí antes que yo. Ella me saludó y gritó: —¡Hola, Tony!

¡Yo le respondí con un gran estornudo!

—Caramba, ¿estás bien? —me preguntó ella.

Le dije que sí. Luego corrí al montículo del **lanzador** para practicar antes de que Beto, el **entrenador**, llegara.

Beto era un buen **entrenador**. ¡Nos enseñó a jugar bien! ¡Me enseñó a ser un buen **lanzador**!

Beto el entrenador mandó a cuatro de nosotros a los jardines mientras el resto formaba fila para las prácticas de bateo. Sara subió y bateó una bola alta directo hacia mí.

—¡La tengo! —dije mientras me colocaba debajo de la bola. Y luego **estornudé**.

Y **estornudé** fuerte. Y luego estornudé otra vez. Y estornudé una vez más.

La pelota cayó en el suelo justo en mis pies.

Beto el entrenador corrió para ver si yo estaba bien.

—Parece que estás **enfermo** —dijo—. Mejor te vas a casa y te cuidas. ¡El sábado es nuestro primer juego de la temporada y no quiero que te lo pierdas!

No me quería ir a casa. Pero Beto el entrenador me dijo que tenía que hacerlo. No quería estar **enfermo** pero lo estaba.

Esa noche durante la cena, Mamá notó que yo no comía mis guisantes. A mí me encantan los guisantes, pero esa noche me sabían mal. Mamá se extrañó y me puso la mano en la frente.

—¿Te **sientes** bien, hijo?

—Me **siento** bien —le dije—. ¡Me siento muy bien! —Y luego estornudé otra vez.

Mamá me mandó a la cama.

A la mañana siguiente, no me sentía muy bien. Mi garganta estaba carrasposa y mi nariz mocosa y no me sentía con ganas de ir ni a la escuela, ni a las **prácticas de béisbol,** ni a ningún sitio. Yo sólo quería estar bajo mis cobijas y volver a dormir.

Mamá vino a mi cama y yo le dije: —¡Me siento muy bien! Estoy loco por ir a la escuela. Estoy loco por ir a las **prácticas de béisbol**.

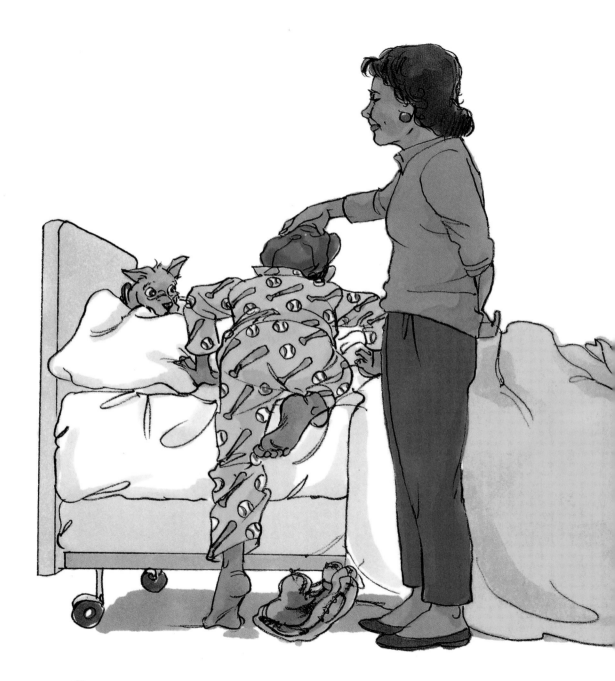

Mamá me dijo que yo me veía terrible. Me informó que no
iría a la escuela esa mañana y que por supuesto no tendría
prácticas de béisbol esa tarde.

Mi mamá no es tonta, se da cuenta de todo.

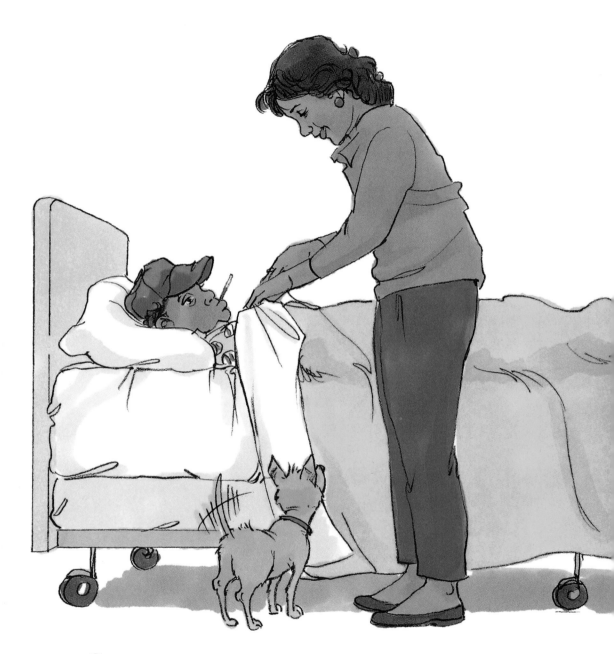

Mamá me cubrió otra vez con las cobijas y puso un termómetro en mi boca. Cuando lo sacó, ella leyó noventa y nueve punto nueve.

—Tienes un poquito de **fiebre** —dijo—. Debo darte alguna medicina. Trata de descansar un poco.

Yo no quería tener **fiebre**. Así que descansé un rato. Luego me levanté y le dije a Mamá que me sentía genial. Pero ni así me dejó ir a las prácticas.

Esa tarde Sara Sosa me llamó.

—Te **extrañamos** hoy —me contó—. Tomi Pérez está practicando bastante su **bola rápida**, pero todavía no ha perfeccionado el agarre.

¡Qué bueno que me extrañaron! ¡Qué bueno
que **extrañaron** mi **bola rápida**!

¡Me tenía que recuperar pronto para el juego!

Traté de dormirme temprano esa noche. Pero cada vez que apoyaba mi cabeza, comenzaba a toser. Mamá me dijo que si no me sentía mejor en la **mañana**, me llevaría al **médico**. Por fin me quedé dormido y soñé que . . . ¡yo ponchaba a todos los bateadores frente a miles de espectadores!

¡A la **mañana** siguiente yo me sentía genial! Me
levanté de la cama. Pero no me sentía tan genial.
Mamá me llevó al **médico**.

Llegamos al consultorio del doctor Ramírez y esperamos hasta que la enfermera vino y nos llamó por el nombre. Ella nos llevó a otra sala y me hizo algunas preguntas. Luego tomó mi **temperatura** con un termómetro muy moderno.

Lo puso en mi oreja y esperó hasta que hizo un sonido. Luego lo sacó y sonrió.

—Tu **temperatura** está bien —me dijo.

Ella nos dijo que el Dr. Ramírez nos vendría a ver en unos minutos y salió.

Mientras esperábamos, yo examiné la sala de consultas. Había varios armarios y un fregadero con un grifo muy cómico que se abría presionando un pedal con el pie. Y había **carteles** en las paredes.

Un **cartel** era sobre alimentos. Otro mostraba adónde van éstos en el cuerpo. ¡Pero el último era el mejor que yo había visto en mi vida!

 —Ése es Cy Young, el mejor lanzador de todos los tiempos. Me viré y vi al **doctor Ramírez** en el pasillo sonriéndome.

—Yo acabo de comprar ese cartel la semana pasada —continuó—. ¿Te gusta?

—¿Que si me gusta? —le dije—. ¡ME
ENCANTA! Yo soy lanzador también, ¿sabes?
El **doctor Ramírez** sonrió. —Sí, lo sé.

Yo le sonreí y le dije con entusiasmo: —Ésa es la razón por la que tiene que curarme hoy. ¡Yo tengo que lanzar el primer juego de la temporada mañana!

El Dr. Ramírez dijo que no podía prometerme nada pero que haría su mayor esfuerzo. Luego comenzó a **examinarme**.

Él **examinó** mis oídos. Examinó mis ojos. Examinó mi garganta. Me palpó el cuello. ¡Y hasta examinó mi nariz!

Luego, usó su estetoscopio para escuchar mi corazón y me pidió que respirara profundo mientras escuchaba mis pulmones.

—¿Qué oye, doctor? —le pregunté con ansiedad. ¿Estaré bien **mañana**?

—Mmmm . . . Creo que escucho el rugido de una multitud en un juego de béisbol —contestó con una sonrisa.

—¿Éso significa que no podré jugar **mañana**?

El doctor meneó la cabeza. —Lo siento, Tony
—dijo—. Estarás bien, pero no mañana.

Le dijo a mi madre que no parecía nada serio, pero era mejor que me mantuviera en cama el fin de semana. Luego se viró hacia mí y me dijo: —Me encantaría saber algún remedio para curarte antes del juego de mañana, pero me temo que no existe cura para un resfriado común.

Él quería ayudarme. Estoy seguro.

—Está bien, doctor Ramírez —le dije—. Es sólo un juego.

Luego Mamá y yo nos fuimos a casa.

El sábado por la mañana me desperté sintiéndome fatal. Me hacía sentir terrible el saber que mi equipo comenzaría el primer juego de la temporada sin mí. Luego oí el **teléfono** sonar. Después escuché la **voz** de mi madre llamándome.

 —Es para ti, Tony —dijo Mamá.

Levanté el **teléfono** y dije: —Hola.

—Hola, Tony —dijo una **voz**—. ¡Es Sara!

¡Sara Sosa me llamaba desde el terreno de juego!

—Todavía estamos en la primera **entrada** del juego —me contó—. ¡Tomi Pérez está lanzando muy bien! Sacamos un *out* en primera y Pedro capturó un palomón por segunda y Tomi ponchó al último bateador de la entrada.

—Tengo que dejarte ahora —dijo—. ¡Beto el entrenador dice que es mi turno al bate! Te llamo en la próxima **entrada**.

¡Era fantástico! Cada entrada, Sara, Beto el entrenador u otro miembro del equipo me llamaba para ponerme al tanto de lo que estaba ocurriendo en el juego. No era lo mismo que estar en el juego, pero era casi igual. ¡Hasta mi madre esperaba con entusiasmo cada reporte!

Nuestro equipo jugó muy bien. El equipo contrario jugó bien también. Pero creo que jugamos mejor porque . . . ¡ganamos el juego!

Mamá dijo que sentía mucho que yo no pudiera estar allí para celebrar el triunfo con mis amigos, pero no siempre puedes predecir cuándo te vas a enfermar.

—Está bien —le dije—. Habrá muchos juegos más.

Jugar béisbol es muy divertido, al igual que
ganar. Pero lo mejor del béisbol es tener tan
buenos, pero tan buenos amigos.

Si te gustó *Fiebre de béisbol*, ¡aquí encontrarás otro libro *Los dos leemos*™ que también disfrutarás!

Los océanos cobran vida en este nuevo título de no-ficción de la serie Los dos leemos. Lleno de hermosas fotografías, este libro explora muchos aspectos del ambiente del océano que serán emocionantes para todos los lectores, tanto jóvenes como adultos. Viaje desde los arrecifes coralinos hasta los mares profundos, pasando por las playas arenosas. ¡Aprenda cosas interesantes sobre la vida marina, sobre los delfines, los tiburones, las ballenas, las estrellas de mar y mucho más!

Para ver todos los libros *Los dos leemos* disponibles,
sólo visita **www.webothread.com**